J. Ortoli.

Le chat, le coq et la faucille

LES CONTES DE LA VEILLÉE

F. ORTOLI

LE CHAT, LE COQ

& LA FAUCILLE

DESSINS DE

C. ROBERT KEMP

PARIS

LIBRAIRIE PICARD-BERNHEIM ET Cⁱᵉ

11, RUE SOUFFLOT, 11

(Propriété réservée.)

LE CHAT
LE COQ
ET LA
FAUCILLE

Il était un jour trois frères, trois frères petits orphelins. L'aîné s'appelait Furti, le second Furton, et le
cadet Furti-Furton.

Leur père était un pauvre laboureur se levant au chant
du coq et se couchant fort tard dans la nuit. Pour lui, le
pain quotidien était bien dur à gagner, et ce n'est qu'à force
de peine et de fatigue qu'il pouvait tant bien que mal nourrir
ses pauvres petits enfants. Quand la mère était vivante,
on pouvait encore joindre les deux bouts; mais, depuis
son départ, il semblait que tout fût changé : la terre était
devenue plus aride, le ciel moins clément et les récoltes
beaucoup plus mauvaises.

A force d'aller ainsi, l'infortunée famille était tombée
dans la plus affreuse misère ; pour comble de malheur, dans
un hiver rigoureux, le pauvre père mourut.

Furti, Furton et le petit cadet pleurèrent bien longtemps, bien longtemps, mais enfin leur douleur se calma peu à peu et un jour l'aîné dit aux autres :

— Cette terre est maudite pour nous ; partageons la succession de notre père et allons-nous-en courir par le monde. Peut-être ferons-nous fortune.

— Que parles-tu de partage, et quelle richesse avons-nous donc ? demanda Furti-Furton.

— Je ne sais, mon cher frère, faisons l'inventaire et nous verrons après.

L'inventaire fut vite fait, on paya quelques dettes et bientôt il ne resta plus qu'un coq, un chat et une faucille.

Il fallait être juste : on tira au sort ; et la courte-paille donna le coq à Furti, le chat à Furton et la faucille à Furti-Furton.

Les trois frères s'embrassèrent alors, promirent de retourner au logis le plus tôt possible et chacun d'eux prit un chemin différent.

Après avoir longtemps voyagé dans les plaines et sur les montagnes, toujours poussant devant lui, Furti pénétra dans un grand royaume appartenant au prince Calamor.

La route avait été longue, le soleil disparaissait peu à peu et la nuit avançait rapidement.

— Ah ! que je suis donc fatigué ! pensa Furti, si je pouvais seulement trouver une auberge pour me reposer !

Il n'avait pas achevé ces mots qu'au tournant du chemin il aperçut un fort beau château perché sur un rocher comme un nid d'aigle et flanqué de douze tourelles.

— Voilà mon affaire, se dit le voyageur, et quelque temps après, annonçant son arrivée, il soulevait le pesant marteau d'une porte d'airain.

— Que voulez-vous ? répondit une voix.

— Être logé cette nuit avec mon petit compagnon.

— Le maître de céans ne refuse jamais l'hospitalité : entrez et soyez les bienvenus.

Un instant après, le portier demanda :

— Dites-moi, l'ami, avez-vous dîné ce soir ?

— Ma foi non, et mon sac est vide depuis ce matin.

— A table, alors ; mangez et buvez, n'épargnez rien, car vous êtes l'hôte du puissant roi Calamor.

Furti ne se fit pas prier ; il profita largement de la bonne hospitalité dont il était l'objet et le coq aux plumes d'or se régala tout son content des miettes qui tombaient par terre.

Comme il se faisait tard, le portier prépara le lit du voyageur et celui-ci s'endormit profondément ayant son coq perché à son chevet.

Or, dans ce pays-là, il fallait aller chercher le jour tous les matins ; si bien que du lieu où il se trouvait, Furti, qui ne dormait plus, entendit la conversation des domestiques qui étaient dans la même salle que lui.

— Ohé ! disait l'un, vite levons-nous, l'heure approche, il est temps de nous mettre en route.

— Attends encore un peu, j'ai bien sommeil !

— Non, non, il faut nous presser ou quelqu'un plus matinal s'emparera du soleil et notre maître ne sera pas content.

— La voiture est-elle prête ? demanda un autre.

— Oui, et l'essieu est bien graissé.

— A la bonne heure ; le chariot ne se brisera pas comme la semaine dernière et nous irons beaucoup plus vite.

Furti pensait en lui-même : Vraiment c'est un étrange

pays que le royaume du roi Calamor, qu'est-ce que ces gens qui vont chercher le jour?

Chacun s'était levé pourtant et l'on devait se mettre en route lorsque le jeune homme s'écria :

— Attendez, les amis, et retournez vous coucher, je me charge de votre besogne.

— Comment, vous, un seul homme, prétendez faire ce que dix chevaux ont peine à accomplir? Vraiment vous vous moquez de nous.

— Je ne ris de personne, bientôt vous verrez que je dis vrai.

— Cela paraît bien extraordinaire.

— Soyez sans crainte, vous dis-je; je vous tirerai d'affaire avec l'aide de mon petit compagnon.

— Mais, malheureux, si vous n'amenez pas le jour à l'heure voulue, le roi sera sans pitié, et à l'instant vous serez pendu.

— Laissez-moi faire et allez vous coucher tranquillement.

En voyant cette assurance, les garçons et les charretiers ne se firent pas prier et tout heureux ils reprirent leur doux sommeil interrompu.

Quelque temps après, le coq chanta.

— Qu'est-ce donc? s'écrièrent les dormeurs réveillés en sursaut.

— Rien que de fort simple. Mon bon ami va se mettre en marche pour aller à la recherche du jour.

— C'est bien étrange, murmurèrent garçons et charretiers, et ils retombèrent dans leurs lits.

Une heure après, le coq chanta de nouveau: coricoco! coricoco!

Chacun se réveilla.

— Hé ! l'ami, qu'est-ce encore ?

— C'est mon camarade qui annonce son retour avec le jour, son voyage est accompli. Levez-vous et voyez.

Tous les hommes se levèrent à l'instant et, à leur grand ébahissement, ils aperçurent le soleil poindre au sommet des montagnes plus brillant et plus radieux que jamais.

Aussitôt ce fut à qui, le premier, avertirait Calamor.

— Ah ! maître, maître, si vous saviez !

— Qu'est-il arrivé ? parlez vite.

— Les chevaux sont...

— Crevés comme les autres, que voulez-vous y faire ?

— Non, non, puissant roi, vos chevaux sont encore à l'écurie et la voiture n'est pas sortie de la cour ; pourtant voyez, levez-vous et admirez le jour.

— Ah ça, coquins, vous moquez-vous de moi ? Le jour est-il arrivé tout seul aujourd'hui ?

— Hier, maître, un étranger est venu demander l'hospitalité pour lui et un animal étrange aux plumes toutes dorées, portant la queue en panache et une crête au front...

— Eh bien ! qu'a-t-il fait ?

— Ce qu'il a fait ? Ce qu'il a fait ?

— Oui, répondez donc !

— Eh bien ! ce petit animal qui n'a l'air de rien et qu'on penserait pouvoir écraser d'un seul coup de poing est plus fort à lui seul que tous vos chevaux réunis. Sans voiture ni assistance, il s'est mis en route, il y a deux heures environ, et déjà le voilà revenu amenant le Soleil.

— Je ne puis croire semblable miracle.

— C'est pourtant la vérité. Que de fatigues et de peines cet animal pourrait épargner !

— Que de chariots cassés ! que de chevaux morts à la tâche ne gagnerais-je pas aussi ! Mais cela me paraît incroyable.

— Rien n'est plus vrai, pourtant, et il ne tient qu'à vous de vous en assurer.

— Comment cela ?

— En disant à l'étranger et à son petit compagnon de ne pas quitter le château. Vous veillerez avec nous la nuit prochaine et vous serez complètement convaincu.

— S'il en est ainsi dites-lui de rester ; je serais vraiment curieux de voir une chose semblable.

Que le jour était long à disparaître pour le prince Calamor ! Jamais il n'avait été plus impatient. Pourtant il lui fallut attendre jusqu'au soir. La nuit venue le roi alla se coucher dans le grenier avec ses domestiques, ses garçons d'écurie et ses charretiers.

— Ne vous inquiétez de rien, mes amis, leur avait dit Furti, demain, je me charge encore de votre besogne.

Et chacun s'endormit tranquillement, à l'exception toutefois du roi qui ne put fermer l'œil tant il brûlait d'impatience.

A trois heures le coq chanta : coricoco ! coricoco !

— Qu'est-ce là ? dit le prince aussitôt, et qui donc parle ainsi ?

— C'est Coq, mon petit camarade, répondit Furti, qui se met en campagne à la recherche du jour.

Le roi se tint tranquille.

A quatre heures, il entendit de nouveau, brillant et sonore, remplissant l'espace le chant de l'animal merveilleux.

— Ohé ! l'ami, qu'est-ce encore ?

— C'est Coq qui vous avertit de son retour ; l'expé-

Ils se promirent de retourner au logis le plus tôt possible.

dition a été heureuse comme vous pouvez le voir, et déjà le jour pénètre à flots dans les maisons, déjà il remplit les vallées.

A ces mots, le roi se leva aussitôt et courut à la fenêtre ; l'étranger avait dit vrai, le jour, clair et joyeux, resplendissait dans tout le pays.

Tout émerveillé d'une pareille aventure, le prince n'en revenait pas d'étonnement. Que n'aurait-il pas donné pour posséder le coq enchanté, et comme les rois ses voisins seraient jaloux de son bonheur !

Aussi, ne perdant pas de temps, il dit à Furti :

— Mon ami, ton camarade me plaît beaucoup et peut m'être d'une grande utilité, veux-tu me le vendre ?

— Le vendre ? non, par ma foi, je ne le donne ni pour or ni pour argent.

— Voyons, pour cent écus ?

— Pas pour mille.

— Diable, tu es difficile, quel prix en demandes-tu donc ?

— Je veux qu'en échange, vous me donniez votre plus belle fille comme épouse.

— Quoi ! tu ne céderais pas cet animal pour un peu moins ?

— En aucune façon.

— Eh bien ! alors soit, je te donne ma fille Seluska, et cent mille écus d'or, pour sa dot.

Furti se jeta au cou du roi et l'embrassa avec transports, jugez s'il était content ! Le mariage se fit le jour même, et de toutes les villes voisines on accourut assister à la noce qui fut la plus belle du monde.

Dès lors, le roi Calamor n'eut plus besoin d'envoyer

tous les matins ses domestiques et ses charretiers à la recherche du jour, et les chevaux, qui tant peinaient et soufflaient jadis, n'eurent plus qu'à se reposer. Coricoco ! coricoco ! chantait le coq aux plumes d'or, portant la queue en panache et une crête au front. Et à l'instant le jour se mettait en marche, se dirigeant vers les États du riche et puissant Calamor. Coricoco ! coricoco ! et le jour marche plus vite encore ; le voilà arrivé, il remplit l'espace de ses rayons.

*
* *

Maintenant que Furti a fait fortune, voyons ce qu'il advint à son frère Furton, le possesseur du chat. A-t-il été heureux dans son voyage, ou continue-t-il encore à parcourir la terre ayant toujours Tristesse et Misère pour fidèles compagnes ? Attention ! vous le saurez bientôt.

Content du lot qui lui était échu, le pauvre garçon s'était mis en route, chantant et sifflant, se laissant aller devant lui, sans s'inquiéter du chemin parcouru, ne s'arrêtant que pour boire à une source limpide ou pour cueillir quelques fruits sauvages mûrissant au soleil doré.

Il parcourut ainsi plus de mille kilomètres, et un beau jour il fut tout étonné de se voir dans le pays des Marzipouloums. C'était là une étrange contrée où les oiseaux parlaient le langage des hommes, où les fleurs murmuraient entre elles de douces chansons, et où, semblables à des génies tout-puissants, le bœuf et le cheval fendaient les airs de leurs ailes rapides.

Ébloui par toutes ces merveilles, Furton arriva ainsi dans une ville où un spectacle tout nouveau s'offrit à sa vue.

Une centaine d'hommes étaient là, dans les rues, avec des bâtons, chassant devant eux des milliers de souris et de rats qui semblaient bien se moquer d'eux. A cette guerre nouvelle Furton ne put s'empêcher d'éclater de rire : Ha! ha! ha!

— Qu'est-ce donc? s'écria-t-on furieux de tous les côtés.

— Je ris, mes pauvres amis, de ce que vous vous donnez beaucoup de mal pour bien peu de chose.

— Peu de chose, dis-tu? peu de chose? On voit bien que tu es un étranger, autrement tu saurais que les souris et les rats sont nos plus terribles ennemis, et qu'il vaudrait bien mieux pour nous combattre dix mille hommes!

— Vraiment? Eh bien! voici un petit compagnon qui vous aidera terriblement dans votre besogne. En une heure il fera plus d'ouvrage que vous tous en un an.

— Quoi! ce petit animal aux yeux gris, doux et bénin que c'est plaisir à le voir, accomplirait un miracle pareil? Jeune homme, vous voulez rire à nos dépens.

— Non, parbleu, je dis vrai, regardez plutôt.

Et Furton lâcha maître Chat qui tomba au milieu des rats et des souris, tout joyeux, comme il convient à un maître danseur de son espèce.

Aïe! aïe! aïe! Un bond par ci, deux bonds par là, à droite, à gauche, par devant, par derrière, aïe! aïe! aïe! et les souris tombaient étranglées et les rats couverts de blessures affreuses, perdant tout leur sang, restaient là sur la place, par dix, par cent, par milliers!

Les hommes portant bâton demeuraient stupéfaits; de tous côtés s'élevaient des monceaux de cadavres; par ma foi, c'était un beau travail qu'ils ne pouvaient s'empêcher d'admirer.

Sur ces entrefaites, le seigneur de ces lieux vint à passer. Il vit le Chat se démenant de la belle façon, et comme jamais il n'avait connu pareil animal, à l'instant il demanda :

— Holà ! les amis, quelle bête est-ce là ? Où donc avez-vous trouvé ce guerrier ?

Furton s'avançant alors poliment, dit au seigneur :

— L'animal que vous voyez à cette heure s'amuser si gentiment avec les souris s'appelle Chat ; c'est mon ami fidèle, depuis sa naissance je ne l'ai point quitté.

— Mon garçon, tu as là une belle fortune ; mon château est infesté par les rats et les souris, vends-moi ton Chat, tu seras bien payé.

— Me séparer de mon meilleur ami ? Jamais, jamais je ne le ferai !

— Voyons, pour cent écus ?

— Non, j'en mourrais de douleur.

— Je t'en donne mille.

— Jamais, vous dis-je.

— Mon ami, sois raisonnable ; il me faut ton Chat, dis-moi, que veux-tu ?

— Des prés et un moulin, des vignes et mille écus, un carrosse pour la promenade !

— Je t'accorde tout cela.

— Mon beau Chat est à vous !

*
* *

Et voilà Furton devenu riche ; désormais son sort ne doit plus nous inquiéter ; la fortune lui a souri ainsi qu'à son frère aîné. Mais qu'arriva-t-il au possesseur de la Faucille, au plus jeune, à Furti-Furton?

Cheminant toujours par monts et par vaux, sa Faucille sur l'épaule, ne s'arrêtant jamais que pour boire ou pour manger, le frère cadet arriva enfin, au bout de trente jours et de trente nuits, dans le puissant empire des Malissours.

C'était au mois de juillet; les plaines étaient toutes jaunes et les épis dorés se balançaient mollement au souffle du zéphyr.

Pour la première fois depuis son départ, Furti-Furton se sentit fatigué, ses jambes se refusèrent à aller plus loin; si seulement il pouvait arriver au village voisin, qui était là, tout près, accroché à la colline couverte d'orangers! Mais non, tout effort serait inutile; le jeune homme se coucha donc sur un épais tapis de mousse et bientôt il s'endormit profondément à l'ombre d'un grand chêne.

Combien de temps resta-t-il ainsi? On ne saurait le dire. Une chose seulement est certaine : c'est que Furti-Furton se réveilla un beau matin au joyeux son des cloches, entouré par une foule de gens qui le regardaient curieusement sans oser l'aborder.

— Holà! les amis, j'ai faim, n'avez-vous rien à m'offrir?

— Si, si, répondit-on de tous côtés, à une condition toutefois.

— Et laquelle?

— C'est que vous nous direz ce qu'est cette demi-lune emmanchée qui dort à côté de vous.

— Cette demi-lune qui dort? De quoi voulez-vous parler?

— De votre compagnon couché sur la mousse verte.

— Ah! ah! vous me faites rire; ce n'est point un animal, amis, c'est une Faucille.

— Une Faucille? Quel nom étrange! jamais nous n'avons vu pareille chose.

Furti-Furton resta tout étonné, mais aussitôt il lui vint à l'esprit de tirer parti de son instrument.

Il ajouta donc :

— Dites-moi, je vois d'ici la plaine couverte de beaux épis mûrs, le temps de la moisson est arrivé; comment vous y prenez-vous pour couper tout ce blé?

— Comme tout le monde; nous le scions avec les dents.

— Le travail me paraît bien long et fort difficile.

— Nous sommes cent pour l'accomplir.

— Et combien restez-vous de temps pour mener à bonne fin cette besogne?

— Deux ou trois mois seulement.

— Eh bien! ce que tous ensemble vous faites en trois mois, ma faucille le fait en une heure. Mille d'entre vous travaillant à la fois n'iraient pas aussi vite qu'elle: à son passage tout le blé tombe et on n'a plus qu'à le lier.

— Quoi! ce petit instrument fait seul tant d'ouvrage?

— Oui, et si vous le voulez je vais vous le prouver à l'instant.

— Furti-Furton se dirigea alors vers le champ doré et en quelques moments il faucha quantité de gerbes.

Tout le monde était dans l'admiration, jamais prodige plus extraordinaire ne s'était offert à leurs yeux, et peu s'en fallut qu'on ne prit le frère cadet pour un dieu.

C'était en effet, pour ces hommes, chose véritablement merveilleuse que de voir accompli en un instant, sans peine ni fatigue, l'ouvrage de cent hommes travaillant tout un jour!

Aussi, de tous côtés, ce ne fut que des cris de joie et d'enthousiasme.

— Oh! la bonne machine que vous avez là!

— La belle fée qui court et travaille!

— Ah! quel bijou pour qui le possède!

— Ma belle Faucille vous plaît à ce que je vois et vous donneriez beaucoup pour l'avoir, n'est-il pas vrai? Eh bien! je veux vous satisfaire, combien me l'achetez-vous?

— Tout l'or du monde avec ses diamants, ses rubis et ses mille autres pierres précieuses ne suffiraient pas pour la payer, étranger, toi-même fais ton prix.

— Je veux que chacun de vous me donne autant de bonnes pièces d'or qu'il est tombé d'épis sous les coups de mon alerte compagne, avez-vous cet argent?

— Oui, oui, nous l'aurons, ta demande est modeste; aujourd'hui même chacun t'apportera la somme convenue.

Et Furti-Furton fut aussitôt enlevé comme une paille et porté en triomphe jusqu'au village voisin; chacun voulait avoir l'honneur de l'héberger chez lui, de le faire asseoir à sa table, de lui donner son meilleur vin. Encore un peu ils en auraient fait leur roi.

Bientôt, de tous côtés, on apporta des sacs d'or, si bien qu'il fallut dix mulets pour les transporter. Furti-Furton, en effet, ne resta pas bien longtemps dans l'empire des Malissours; il pensait avec raison que rien n'est meilleur ni plus beau que le pays où l'on est né. Au bout de quelques semaines il arriva dans son village, où déjà Furti et la princesse sa femme l'attendaient. Furton ne tarda pas lui-même à revenir, de sorte que les trois frères, de nouveau, se virent réunis.

— Notre bonne fortune, dit alors l'aîné, nous a fait riches, il faut que notre amour nous rende heureux. Jurons tous d'être aussi unis dans la prospérité que nous l'avons été dans la misère!

— Nous le jurons! s'écrièrent les autres orphelins, nous ne ferons plus qu'une seule et même famille!

Et, se jetant dans les bras l'un de l'autre, tous s'embrassèrent en pleurant.

Jamais serment ne fut mieux tenu.

A la place de l'ancienne masure de leur père, les trois frères firent construire un superbe et merveilleux château, et c'est là qu'ils vécurent longtemps heureux, n'oubliant jamais, dans leurs fêtes, de remercier le Coq, le Chat et la Faucille.

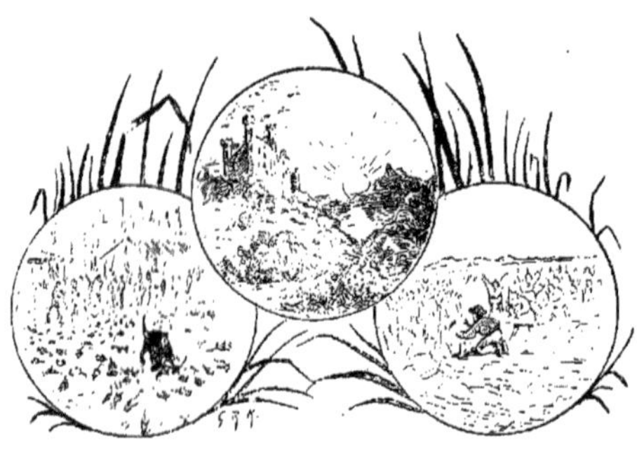

HISTOIRE D'UN VIZIR
D'UN SINGE
D'UN LION
ET D'UN SERPENT

Rustem, disait un jour le Sultan d'Alep à son premier vizir, je t'ai confié l'éducation de mon fils unique, dis-moi, suit-il bien tes conseils et penses-tu en faire un prince qui soit digne de succéder à son père?

— Jeune encore, on sent que le lionceau deviendra le roi du Désert; à vingt ans votre fils est déjà digne de commander aux hommes.

Rustem mentait effrontément. Jamais gouverneur ne corrompit davantage l'âme d'un jeune seigneur. Il avait mis dans le cœur de son élève tous les vices qui étaient dans le sien, le rendant avide, injuste, impétueux à la moindre contradiction; il lui avait fait regarder le peuple qu'il devait gouverner un jour comme un bien propre, un misérable bétail dont il avait le droit de disposer à son gré.

Or, dans ce temps-là, un riche marchand se présenta au

sérail pour vendre des pierreries. Il y en avait de toutes les
sortes et de tous les prix. On voyait des aigrettes de diamants,
des bracelets de rubis, des colliers d'escarboucles et d'éme-
raudes, des couronnes de perles et de turquoises ; toute une
fortune entassée dans une admirable cassette en bois de
cèdre travaillée à jour.

Béhadirchah, le fils du sultan (ai-je dit qu'il s'appelait
Béhadirchah ?) resta des heures entières contemplant ce merveilleux trésor.

— Ah ! que je voudrais donc avoir des monceaux
d'or, dit-il enfin, et payer tout ce que je vois !

— Prince, n'êtes-vous pas le maître ? répondit Rustem,
commandez et tout vous appartient.

— Eh bien ! faites.

Des esclaves s'emparèrent de la cassette et le pauvre
marchand fut à l'instant chassé du palais.

Ce malheureux, toutefois, ne put supporter une pareille
injustice ; il se plaignit amèrement sur la place publique et
fit un tel scandale que le prince, irrité, le fit rouer de coups ;
on frappa même tant et si fort que l'infortuné joaillier expira
devant le sérail.

Le bruit de cette mauvaise action étant parvenu aux
oreilles du Sultan, celui-ci entra dans une grande colère
contre son fils et le perfide Rustem.

Tous deux furent chassés du palais : le prince fut
relégué dans un château éloigné et le gouverneur exilé de
la cour.

Oubliant l'irréparable malheur qu'il avait causé, l'ancien vizir se présenta un jour devant son élève. Il pensait
être reçu à bras ouverts ainsi que par le passé ; mais cette fois
il fut accablé de reproches, couvert de mépris et un geste

énergique lui intima l'ordre de se retirer à l'instant de sa présence.

Le misérable s'en alla tout confus. Il faisait nuit ; long-temps il erra dans une épaisse forêt. Une fosse profonde couverte de mousse légère se trouva sous ses pas (c'était un piège à bêtes féroces), il tomba dedans. O terreur ! il se voit avec un Singe, un Lion et un Serpent. Notre homme en fut quitte pour son effroi ; l'animal le plus cruel, la bête la plus féroce devient timide quand elle se sent près de la mort.

Le jour surprit Rustem au milieu des plus tristes réflexions. Il s'attendait à perdre par la faim la vie que ces animaux lui laissaient. Tout à coup, cela peut-il être ? oui, c'est un homme qui regarde au fond du précipice.

Le vizir se mit alors à crier et à gémir et pleura de si bon cœur que le passant, rempli de pitié, lui jeta une corde de dix brasses au moyen de laquelle il pouvait sortir de cet horrible séjour.

Plus adroit que l'homme, le Singe s'en empara aussitôt et parut sur le bord de la fosse au lieu de celui que le mar-chand attendait.

— Vous ne serez peut-être pas fâché un jour, lui dit l'animal, d'avoir bien voulu me conserver la vie ; je sais reconnaître un bienfait et je chéris mon bienfaiteur. Tenez, pour vous le prouver à l'instant, je veux vous donner un bon conseil : Gardez-vous de sauver l'homme qui partageait ma captivité, c'est un perfide, c'est un ingrat qui vous ferait bientôt repentir de votre générosité. Adieu. Ma demeure est au pied de cette montagne que vous voyez d'ici ; puissé-je vous y rencontrer et vous être utile !

Le voyageur, qui comptait médiocrement sur les promesses du Singe, le laissa partir. Puis il jeta de nouveau la corde, dans l'espérance de délivrer son semblable.

A cette seconde opération, comme il sentit un poids considérable, il ne douta point que ce fût l'homme. Mais la crinière monstrueuse, les dents aiguës et les griffes crochues du roi des animaux l'effrayèrent si fort, qu'il pensa laisser retomber ce terrible fardeau.

— Rassure-toi, lui dit le Lion, d'une voix calme et fière ; que ton épouvante ne me soit pas funeste ; tu acquiers un défenseur qui n'est pas à dédaigner ; tu m'as rendu la vie, je pourrai peut-être à mon tour conserver la tienne. Ton camarade, qui est dans ce piège, ne te fera jamais autant de bien.

Persuadé par ce beau discours, le marchand redoubla d'efforts, tira, tira, fit tant et si bien que le Lion sortit enfin de la fosse.

— Ami, dit aussitôt celui-ci, ma tanière est dans cette forêt, voisine de la capitale ; viens me voir, et tu seras toujours mon meilleur hôte.

Il restait encore deux prisonniers à délivrer ; la corde retomba au fond du puits et le Serpent s'entortilla tout autour.

— Généreux libérateur, dit celui-ci, je veux te donner un conseil, que tu ne suivras pas, du reste : les Serpents ont la prudence en partage et les hommes en manquent quelquefois. J'ai laissé au fond de ce gouffre le plus grand fourbe de la terre, la plus perfide créature ; abandonne cet homme à sa destinée, si tu ne veux pleurer au souvenir de tes bienfaits. Tu m'as l'air d'être trop bon, adieu ; foi de Serpent, je te tirerai du premier embarras où ton cœur t'aura fait tomber. Mon domicile est là tout le long des murs de la ville.

Malgré tous ces avertissements, le marchand était trop humain pour laisser mourir son semblable au fond d'une fosse; aussi oublia-t-il bien vite les paroles du Singe, du Lion et du Serpent, et une quatrième fois il jeta la corde. Le malheureux Rustem l'ayant enfin saisie, s'accrocha, grimpa, monta, fut sauvé contre toute espérance.

Essayer de peindre les transports de joie, l'effusion de reconnaissance, les cris d'allégresse, les paroles émues de l'ancien vizir serait chose impossible. Il promit beaucoup à son libérateur, l'embrassant avec des larmes de tendresse, lui prodiguant les noms les plus doux, l'appelant son père, son frère, son cher sauveur! Il voulut même raconter son histoire, et déjà commença par le tromper. Rustem se dit bien disgracié de la cour, déchu du faîte des grandeurs, mais il eut bien garde d'en expliquer les motifs. Il ne parla que de l'ingratitude des grands, de l'injustice dont ils se rendent coupables; il expliqua au voyageur qu'il était un exemple vivant bien fait pour apprendre aux hommes qu'il ne faut pas s'attacher aux puissants, et il mit en son discours un tel semblant de vérité et de vertu, que le marchand se trouva fort heureux d'avoir sauvé un si grand sage.

— Je demeure dans cette maison de village, dit enfin Rustem, et volontiers vous offre un asile dans ma pauvre retraite.

Le voyageur remercia poliment; il s'était proposé un autre but, et allait aux Indes employer quelque argent à l'achat de certaines marchandises. Il continua donc sa route avec la satisfaction intérieure que laisse toujours une bonne action.

Sur les bords du Gange et de l'Indus, tout se passa le

mieux du monde pour le marchand. Ses écus centuplèrent
en peu de temps et son commerce prospéra de plus en plus,
de sorte que se trouvant à la tête d'une immense fortune, il
eut bientôt envie de revoir sa patrie. Le voilà qui reprend la
même route et traverse la même forêt où, quelques années
auparavant, sa corde lui avait tant servi.

Il se rappelait avec plaisir les beaux discours du reconnaissant Rustem, et il regrettait ce bon ami d'un jour ;
quant aux trois animaux, leur langage avait fait bien peu
d'impression sur son esprit. Il leur savait seulement gré de
ne pas avoir dévoré leur bienfaiteur auquel tous devaient
l'existence.

Comme il était tout plein de ces réflexions, d'autres
animaux beaucoup plus féroces l'environnent : c'étaient des
voleurs. Ils saisissent le malheureux négociant, le font des-
cendre de son cheval, le dépouillent de ses trésors, et se pré-
paraient à lui ôter la vie, lorsque le chef fit observer à ses
compagnons que ce meurtre était inutile.

On garrotta donc l'infortuné voyageur au pied d'un arbre
et les brigands s'enfoncèrent dans la forêt, ne lui laissant
d'autre ressource que celle de mourir de faim.

Les cris plaintifs que la douleur lui arrachait frappè-
rent les oreilles d'un grand Singe qui vivait à quelque
distance de ce lieu. L'animal accourt et reconnaît son libérateur. D'abord il déchire avec ses mains et ses dents les
liens qui attachaient Ahmed — c'était le nom du marchand —
puis il le serre dans ses bras, le réchauffe de son haleine, le
lèche avec sa langue.

Les voilà dans la grotte. Des fruits sauvages apaisent
la faim du malheureux ; une eau fraîche et pure étanche la
soif qui le dévore.

Le malheureux Rustem ayant saisi la corde fut enfin sauvé.

Ahmed raconta ensuite sa triste aventure, dont le récit attendrit le cœur de l'animal reconnaissant. L'habitude qu'il avait de cette forêt lui avait fait découvrir depuis longtemps déjà le repaire des brigands qui avaient dépouillé son ami. Il vole vers eux avec l'adresse et toute la légèreté dont il est capable, les surprend endormis dans la sécurité la plus complète, s'empare des sacs d'or et d'argent qu'il voit à leur côté, emporte de merveilleux habits qu'il croit appartenir à son hôte, et, mettant le tout sur son dos, il s'achemine allègrement vers sa caverne, ne sentant pas le lourd fardeau que sa reconnaissance lui rendait si léger.

Ayant recouvré toute sa fortune, le voyageur remercia le Singe et voulut continuer son chemin. Il s'étonnait seulement en lui-même d'avoir trouvé un animal si bienfaisant et se reprochait de bonne foi le peu de cas qu'il avait toujours fait de lui.

Il marchait ainsi tout en rêvant lorsqu'un rugissement affreux vint l'épouvanter. Un Lion formidable parut à sa vue. Glacé de terreur, le marchand crut arrivée son heure dernière ; ses jambes fléchirent, ses yeux se fermèrent, l'affreuse peur envahit son cœur et il s'appuya contre un chêne pour ne pas tomber.

Mais, ô surprise ! le roi des forêts lui parla ainsi :

— Salut, mon ami, salut, mon libérateur, c'est toi qui m'as sauvé la vie ! Je veux aujourd'hui t'en marquer ma reconnaissance : allons dans mon antre, tu prendras un instant de repos.

Les procédés du Singe avaient un peu raccommodé Ahmed avec les bêtes ; quelque effroi que pût lui causer la société d'un Lion, il espéra qu'il ne serait pas moins généreux, et tant pour amuser Sa Majesté que pour lui fournir un bon exemple à suivre, il lui raconta naïvement de quelle noble façon le Singe s'était comporté.

— Je suis content de mon sujet, répondit le roi des animaux, à la première occasion je le ferai monter en grade : la reconnaissance doit être la première vertu des bêtes puisqu'elle n'est point celle des hommes.

Toutefois, messire Lion pensait en lui-même: « Comment ferai-je pour témoigner toute ma gratitude à mon cher sauveur, et quel présent lui donner pour ne point paraître inférieur à un Singe? »

Il en était là de ses réflexions quand les deux voyageurs arrivèrent à la caverne.

Ahmed fut choyé, caressé; il dîna de grand appétit et but le mieux du monde; les morceaux les plus succulents, les vins les plus exquis, les fruits les plus délicieux étaient pour lui. Tout ce que l'art culinaire avait trouvé de meilleur et de plus raffiné fut prodigué en cette grande occasion.

Au dessert pourtant, la même pensée se présenta à l'esprit de maître Lion. Que puis-je faire pour mon hôte, se disait-il encore et toujours, que puis-je faire pour conserver ma dignité et payer la dette sacrée contractée par mon cœur?

Mais il ne trouvait rien de convenable ; cela le rendait tout triste.

Ahmed s'en aperçut.

— Qu'avez-vous, mon cher ami, que vous me paraissez si désolé?

— Rien! Toutefois, promettez-moi de ne pas sortir de ma demeure avant que je sois de retour.

— Eh pourquoi donc, je vous prie?

— Vous le saurez plus tard.

— Alors soit, je le promets!

— En trois bonds, le Lion fut en pleine forêt. Il courut à droite, à gauche, de ci, de là, partout, cherchant un objet merveilleux qu'il put donner à Ahmed.

Tout à coup, il aperçut Béhadirchah, dont le château n'était pas à cent mètres, et qui se promenait tranquillement, un superbe turban sur la tête, turban sans pareil, orné d'une aigrette de diamants resplendissante comme un soleil!

— Voilà bien mon affaire, dit le prince des animaux, et d'un saut il tomba sur le prince des hommes et l'étrangla. Le malheureux joaillier était vengé, et son aigrette, scintillant de mille feux, dès lors fut apportée délicatement à Ahmed, qui vraiment ne savait de quelle manière s'y prendre pour s'acquitter envers un Lion si généreux.

Comblé des bienfaits de celui qui autrefois lui avait tant fait peur, notre voyageur partit enfin et dirigea ses pas vers la ville où il savait trouver son bon et excellent ami, le sage Rustem. Il comptait même passer quelque temps avec ce philosophe, qui jadis lui avait offert la moitié de sa maison.

Le cœur content et le pas léger, Ahmed voyagea donc toute la nuit, et le lendemain, à l'aube naissante, il fit son entrée dans la cité où l'ancien vizir avait établi sa demeure.

Malgré l'heure toute matinale, des groupes de personnes remplissaient déjà les rues et les carrefours; les places étaient bondées de monde. De tous côtés on parlait bas, sans aucun éclat de voix, à mots étouffés, comme si quelque grand malheur s'était abattu sur l'empire.

Ahmed était intrigué au plus haut point. Il s'approcha d'un groupe et écouta. On racontait que le fils du Sultan, le jeune Béhadirchah, que son père avait exilé de la cour à cause d'une peccadille, venait d'être trouvé tout sanglant dans le parc de son château.

On pensait que la mort du prince était le fait de quelque infâme voleur qui aurait voulu s'emparer ainsi des joyaux merveilleux qui paraient la victime.

La curiosité de notre marchand satisfaite, il s'avança vers la maison de son ami.

Il fut reçu à bras ouverts, et bientôt Ahmed dut céder aux prières de Rustem et lui raconter toutes les particularités de son voyage.

Que de faits extraordinaires, que d'étonnantes aventures ! Il avait vu des dragons ailés, des bêtes à sept têtes, des licornes enchantées.

Entouré par des voleurs, il est dépouillé de ses trésors et solidement garrotté au tronc d'un arbre ; un Singe le délivre et lui rend tout ce qu'il a perdu. Plus magnifique encore, un terrible Lion s'incline devant lui, pousse des cris de joie, lui lèche les mains, le caresse, le force à prendre part au plus somptueux des festins ; puis, pensant peut-être ne pas avoir assez fait, lui donne une aigrette éblouissante, digne d'orner le turban du Commandeur des vrais croyants.

Et là-dessus, Ahmed montre à Rustem le bijou sans pareil, il l'approche de ses yeux, l'en éloigne, le contemple en véritable connaisseur, poussant à chaque instant de nouvelles exclamations de surprise et d'admiration.

Hélas, l'infortuné voyageur ne prévoyait pas les maux que devait lui causer cette fatale aigrette ! Il ignorait qu'elle eût appartenu au fils du sultan et qu'elle avait été la cause de la fin tragique de ce prince.

Pendant ce temps, le misérable Rustem pensait en lui-même : « Je reconnais cet ornement qui appartenait à mon jeune maître. Quelle récompense pour l'heureux dénonciateur qui servirait la vengeance du monarque contre le meurtrier de son enfant !

La nuit est venue. Ahmed est profondément endormi. L'aigrette est là sur une table. Le lâche vizir s'en empare et court au sérail. L'ingrat ! pourvu qu'il recouvre sa première puissance, il n'hésite point à sacrifier son sauveur.

— Voilà, dit-il au Sultan, la dépouille de celui que vous avez si rigoureusement châtié et que vous pleurez aujourd'hui. Reconnaissez ces diamants merveilleux, ces feux étincelants. L'assassin qui détenait cette aigrette est encore en mon pouvoir.

Le père infortuné versa bien des larmes en revoyant la parure favorite de son fils. Il la baisait, la serrait contre son cœur comme si c'eût été son enfant.

— Qu'on amène le misérable, s'écria-t-il enfin, et que vite on prépare le plus affreux cachot !

L'infortuné voyageur, qui ignorait le crime dont on l'accusait, parut devant le prince, le trouble et la confusion peints sur le visage. Il aperçut son perfide ami et soupçonna qu'il était la cause de son malheur. Reconnaissant alors, mais trop tard, la sagesse des conseils du Singe, du Lion et du Serpent :

— Je mérite, dit-il tristement, le sort cruel qui m'est réservé.

Ignorant le véritable sens de ces paroles, le roi d'Alep les prit pour un aveu du coupable à qui la vérité échappait malgré lui.

Ahmed fut condamné à être brisé, tenaillé, écartelé, brûlé enfin sur un grand bûcher qui s'élèverait sur la place publique.

Heureusement, comme ce supplice devait avoir le peuple entier comme témoin, l'exécution en fut remise après les obsèques pompeuses de Béhadirchah.

L'infortuné marchand fut aussitôt jeté dans les plus profondes oubliettes. La lumière du jour n'avait jamais pénétré dans ce lieu maudit. Partout il n'était que ténèbres, et la mort était dans son âme.

Un ami pourtant veillait encore sur le pauvre Ahmed : c'était le Serpent qu'il avait délivré. Avec mille précautions, il rampa le long des murs humides, passa sous les portes, se glissa sans être vu des geôliers, s'y prit enfin de si belle façon qu'il put arriver jusqu'au cachot de son libérateur.

Celui-ci le reconnut facilement.

— Ne crains rien, dit alors le Serpent, je viens pour te délivrer.

— Et comment faire, mon pauvre ami?

— Je t'ai promis de réparer les imprudences de ton cœur, je suis fidèle à mes engagements. Tu n'as pas voulu croire que l'homme est le plus ingrat des animaux et qu'il rend le mal pour le bien, tu as oublié les bons conseils que le Singe et le Lion t'avaient encore donnés ; n'importe, laissons tout cela, je serai plus adroit que l'infâme scélérat qui a voulu te perdre.

— Que faut-il faire?

— Prends cette herbe ; elle seule a la vertu de guérir le poison subtil que je viens d'inoculer dans les veines de la Sultane favorite. Le monarque est en proie à la plus vive douleur ; toi seul peux maintenant l'apaiser.

On oubliera bientôt ton prétendu crime : celui qui sait être utile est toujours innocent ; vante-toi bien fort de tes talents, c'est le moyen de réussir. Applique ton herbe, et tu verras bientôt des miracles.

Adieu, l'heure presse; voici qu'on vient te visiter.

Il était temps d'être docile et Ahmed profita des conseils du Serpent. Bientôt on sut à la cour qu'il connaissait le remède infaillible pour guérir toutes sortes de poisons. Vite on le fit monter dans l'appartement de la reine qui, toute pâle, se mourait peu à peu sur son lit. Le premier appareil appliqué sur la cruelle morsure du Serpent fit revenir la souveraine. Dès le second essai la plaie se ferma et la gracieuse Sultane se trouva aussitôt aussi fraîche, aussi belle, aussi resplendissante que jamais.

— Seigneur, dit alors Ahmed au roi d'Alep, la princesse ne se ressentira plus des maux cruels qu'elle a soufferts, et sa vie est désormais en sûreté; mais je suis à la veille de terminer la mienne dans des supplices affreux que je n'ai point mérités. Vous êtes trop équitable pour faire périr un innocent. Je ne suis point le meurtrier de votre fils. Le monstre Rustem a empoisonné son enfance; c'est lui qui l'a entraîné dans votre disgrâce par les pernicieux conseils qu'il lui a donnés. Vous connaîtrez encore mieux le cœur de ce scélérat lorsque je vous aurai prouvé qu'il est le plus ingrat des humains.

Et Ahmed raconta ensuite au Sultan l'aventure de la fosse et tout ce qui s'en était suivi.

Convaincu, par le récit du marchand, de l'innocence de celui-ci et des forfaits de l'infâme Rustem, le roi d'Alep ordonna sur-le-champ que l'on fît souffrir à l'ancien vizir tous les tourments que devait endurer le bon ami du Singe, du Lion et du Serpent.

Le perfide délateur, qui ignorait ce qui se passait au

sérail et qui attendait avec impatience le succès de sa noire trahison, se vit alors arracher à ses rêves de grandeur; on l'insulta, on le souffleta, on lui cracha au visage et le bourreau lui fit expier, dans les plus affreux supplices, les crimes abominables de toute sa vie !

HISTOIRE
D'UN
LION
QUI VEUT SE VENGER
DE L'HOMME

E grand lion, la terreur des forêts, l'épouvante du désert, venait de succomber, blessé par la main de l'homme. A ses côtés gisait expirante la lionne sa compagne. De sa poitrine sortaient de farouches hurlements de douleur. Elle luttait contre la mort, se tordant dans les spasmes d'une cruelle agonie. De tristes larmes coulaient sur la mâle figure du petit lionceau ; il courait par-ci, bondissait par-là, fou de désespoir, puis il retournait auprès de sa mère, léchait ses plaies toutes sanglantes et regardait le ciel comme pour le menacer.

Mais l'heure fatale devait sonner.

— Mon enfant, dit alors la lionne, si faiblement qu'à peine on pouvait l'entendre, mon fils bien-aimé, venge-nous.

— Et de qui donc, mère infortunée ?

— De l'homme, dont la féroce cruauté nous a mis dans un état si misérable.

— Par les grands chênes et les sables mouvants, je jure de châtier ce monstre, je vous promets de l'amener ici et de l'égorger sur votre tombe.

— Prends garde, mon fils, prends garde ! l'homme est aussi rusé que méchant, toujours il a soif de sang et j'ai bien peur que ta jeune expérience ne soit la cause de ta mort.

— S'il en est ainsi, ma mère, j'attendrai le jour où je serai grand et fort, où tous les êtres de la création se prosterneront à mon passage ; alors seulement je parcourrai le monde et si je rencontre l'homme, eh bien ! alors, malheur à lui !

Le petit lionceau avait à peine achevé ces mots que la lionne poussa un sombre gémissement et exhala son dernier soupir.

Un an se passa.

Le jeune lion avait grandi et ressemblait à son père. Sa face puissante inspirait la terreur. De tous côtés il régnait en maître : le tigre était son esclave, le loup son humble serviteur. Nul animal dans la forêt n'aurait osé lui résister ; à cent lieues à la ronde, le désert était son domaine.

— L'heure du châtiment est enfin sonnée, se dit le justicier, et le voilà parti à la recherche de l'homme. Trente jours et trente nuits il voyagea, passant les fleuves, escaladant les montagnes, traversant les jungles marécageuses ; trente jours et trente nuits il courut en vain dans les plaines et sur les plateaux, jamais il ne put rencontrer le meurtrier de ses parents.

Un soir pourtant, au moment où le soleil plongeait peu à peu dans la vaste mer, le lion vit accourir, superbe à voir, les naseaux blancs d'écume, la taille élevée, l'œil ful-

Auparavant aide-moi donc à fendre ce tronc d'arbre.

gurant, un merveilleux animal qui semblait dévorer l'espace.

Il lui barra le passage.

— Es-tu l'homme?

— L'homme? non, mais c'est mon maître.

— Eh quoi! serait-il donc aussi puissant que toi?

— Dans ses mains je suis un esclave faisant toutes ses volontés. Dans ma bouche il met un morceau de fer pour mieux me briser les dents; sur mon dos il place une selle, afin de marcher plus à l'aise; dans mes pieds, il enfonce des clous qui rendent ma marche plus rapide; oh! non, hélas! je ne suis point l'homme!

— Dis-moi! où pourrais-je le rencontrer?

— Marche toujours devant toi, tu ne le trouveras que trop tôt.

Le lion continua son chemin. Toute la nuit il voyagea sans prendre un instant de repos. Il avait soif de vengeance et ne voulait point la remettre d'un moment.

A l'aube naissante, il aperçut un être étrange, terrible et menaçant. Il portait deux cornes formidables sur sa grosse tête; confiant dans sa force, il marchait à pas comptés, sans avoir l'air de se soucier le moins du monde de ce qui se passait autour de lui.

Le lion eut peur.

Pourtant il avait promis à sa mère de la venger, et il ne voulait point reculer.

Réunissant tout son courage, il dit à l'animal :

— Serais-tu l'homme?

— Quel nom viens-tu de prononcer? L'homme! c'est mon plus mortel ennemi, et je suis sa propriété. Je laboure son champ, il prend le lait de mes enfants qui, à leur tour, deviennent son bien; il me pique tout le jour avec un aiguillon, me faisant traîner les plus lourds fardeaux. S'il y trouve son profit, il me tue et mange ma chair ; de mes cornes il fait des jouets, de ma peau il couvre ses pieds.

De plus en plus épouvanté, le lion continue sa marche et ne s'arrête que devant un formidable colosse portant deux tours sur son dos.

— Cette fois, je suis perdu, pensa le roi des forêts, mais qu'importe si je meurs ! Au moins j'aurai tenté de venger mes parents. Et le voilà qui demande encore :

— Tu es bien l'homme, n'est-il pas vrai ?

— Je suis seulement son serviteur ; devant lui je m'incline et plie les genoux ; je porte sa femme et ses enfants, tous ses ustensiles et même sa maison ; à son ordre, je parcours le désert sans seulement oser me plaindre, j'affronte l'ouragan terrible et m'estime encore fort heureux s'il songe à me donner à boire.

Le lion demeura stupéfait. Que peut donc être l'homme ? se dit-il, et tristement il continua sa route.

Il vit bientôt une masse énorme qui marchait pesamment. Les pieds du géant étaient des colonnes, ses oreilles deux grandes voiles, son nez était semblable à un jeune arbre dépouillé de ses branches.

— Voilà l'homme ! dit le lion. Combattons et mourons en brave.

En effet, il s'avance.

— Homme aussi puissant que cruel, s'écrie-t-il, tu as tué mon père et ma mère, tu as laissé un orphelin ; fais encore une victime, mais luttons ensemble !

— Je ne suis point celui que tu crois ; l'homme est mon maître ; autrefois, j'allais en guerre avec lui, à cette heure, j'amuse seulement ses enfants.

— Où puis-je donc le rencontrer?

— Je ne sais, cherche toujours, pourtant méfie-toi bien de lui.

— En voyant les êtres qu'il a soumis à son pouvoir je n'ignore pas le sort qui m'est réservé ; mais j'ai promis à mes parents de les venger et je ne serai point un parjure. Lutter, pour moi, c'est mourir ; eh bien ! je préfère lutter !

— Noble par le cœur autant que par l'audace et la fierté, tu es vraiment digne d'être le roi des animaux. J'approuve ton dessein ; va, et que la victoire soit du côté du droit, puisque tu combats aujourd'hui pour ta famille, ton honneur, la gloire et la liberté !

— Ton bon augure double ma force et je sens renaître mon courage défaillant. Merci et adieu !

Le lion sortait d'une grande forêt qu'il avait explorée tout entière sans aucun succès. Sur la lisière du bois, il vit un pauvre être pâle et chétif, sans cornes au front, sans griffes aux doigts. Il tenait une hache à la main et fendait un chêne.

— Dis-moi, mon ami, pourrais-tu me dire où je puis trouver l'homme?

— Parfaitement, que lui veux-tu?

— Je désirerais lutter avec lui et venger, si cela est possible, la mort de mes pauvres parents.

— Rien n'est plus simple, mais auparavant aide-moi donc à fendre ce tronc d'arbre.

Le lion introduisit ses pattes dans une fente formée par un coin enfoncé.

Mais soudain, un coup de hache fit sauter le coin et l'animal se trouva pris.

— Je suis l'homme! dit alors le bûcheron; luttons ensemble, puisque tu le voulais.

En entendant ces paroles, le lion poussa un terrible rugissement qui retentit dans la forêt et la vallée; une larme brilla dans ses yeux.

Et véritablement méchant ce jour-là, l'homme leva sa hache tranchante et lui fendit la tête!

Saint-Denis. — Imprimerie Picard-Bernheim et Cie. — M. I. — 64460